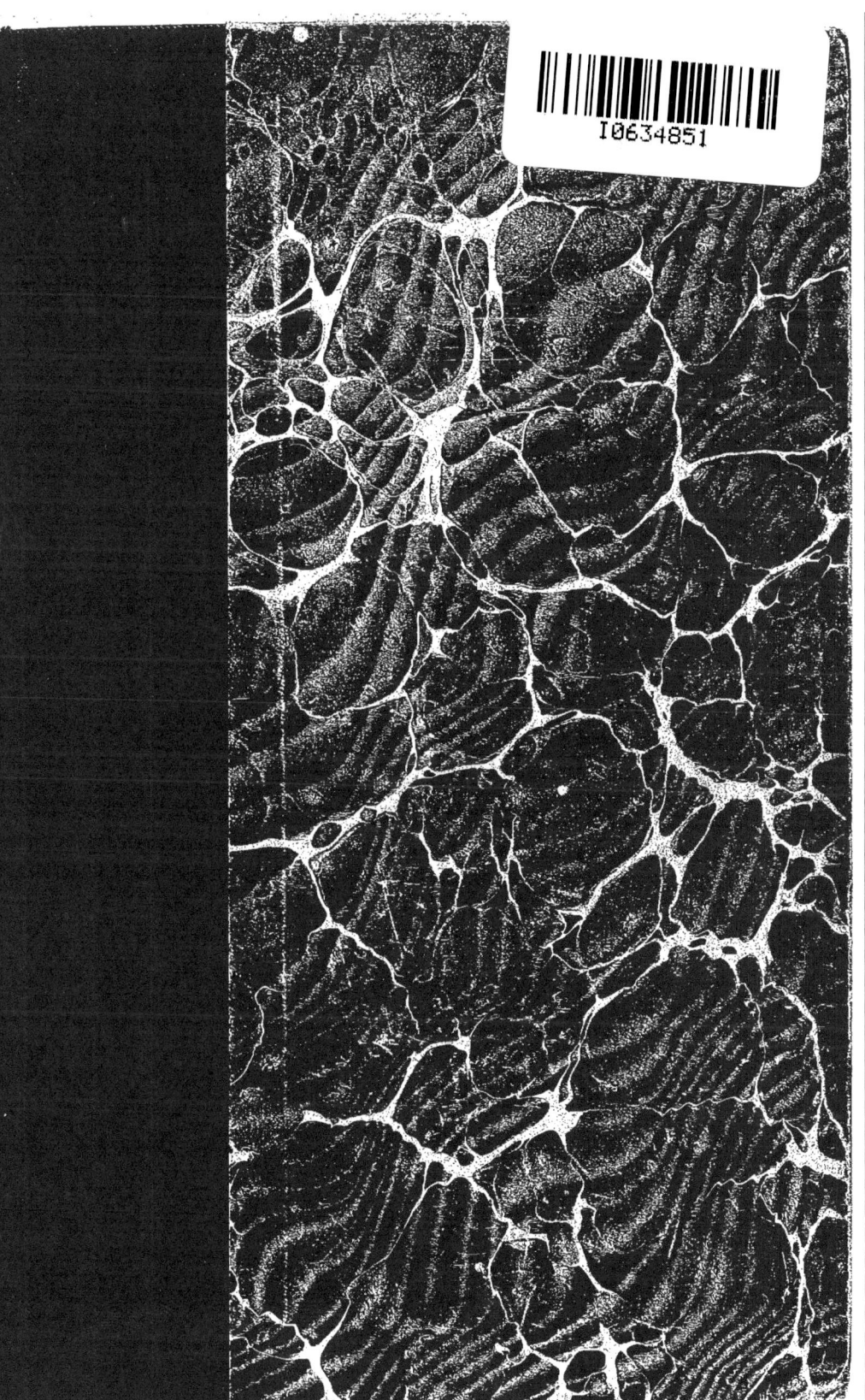

Sans cou.

SANS TITRE.

7011

IMPRIMERIE DE E. DUVERGER,
RUE DE VERNEUIL, N° 4.

SANS TITRE

PAR

UN HOMME NOIR

BLANC DE VISAGE.

Dans l'année, il y a beau Ciel, Orage,
Brise, Éclairs, Lune, Étoiles, Fleurs.
Joie, Enfantillage, Amour.

PARIS

E. DUVERGER, RUE DE VERNEUIL, N° 4.

1838

TOUT D'ABORD.

A vous qui me lisez, je ne dirai pas *chers*, c'est une flatterie, mais je vous prierai seulement de me pardonner pour *Sans Titre* qui a paru. J'étais positivement décidé à ce que chacun profitât de mon silence, quand tout à coup je sais que plusieurs langues prétendent que l'annonce de mon *Sans Titre*, donnée il y a plus d'un an, était purement une gasconnade de l'auteur, qui n'avait pas une seule ombre de chose écrite. C'est alors que l'Homme noir s'est mis en mesure, malgré toute sa résolution, de faire un livre mondain d'un manuscrit cloîtré.

a

L'Homme noir, l'auteur de ce quasi-livre, ne veut pas Écrire ; c'est Écrire qui a voulu et veut l'auteur. Homme noir. Il est donc nécessaire à ce dernier qu'il marque un peu de pages, ainsi que le Solliciteur a besoin d'espoir ; le Juge — de Conscience ; le Raisin — de Soleil ; la Femme — de Sentiment ; le Malheureux — d'Amis ; le , Musicien — d'Harmonie ; l'Anglais — de Beafteks ; la Coquette — d'Adorateurs ; la Mère — de son Enfant ; le Bourreau — de Têtes ; les Fleurs — de Nez ; le Ministre — de Probité ; le Théâtre — de Pièces ; la Bouche — de Baisers ; le Condamné à mort — de Religion.

Ces plusieurs feuilles sans titre avec sans doute encore plus de nom que n'en méritent les mots qu'on y voit, — Ces feuilles se trouveront-elles sous quelques regards ? Et pourtant qu'est-ce qu'un public pour qui pense et écrit ? C'est une famille, un bon père qui veille sans cesse et châtie souvent pour essayer de rendre meilleur.

Le peu qu'il y a, — à ceux qui voudront le prendre.

Souvent il n'y a rien dessus, tout est dessous.
Cherchez.

PARACELSUS.

SANS TITRE.

1

SANS TITRE

JANVIER.

JANVIER.

Exception. Règle.

Baiser de femme, — croyance en Dieu. —

Le véritable Grand pense qu'il
ne l'est pas. —

Croyons d'abord au jour, à la
terre qui porte. —

Chose du monde a fin; mais
non monde de choses. —

Inquiéter pour nous est une de nos joies. —

Je ne fais rien de bien est un mot vertueux. —

Un cœur restera bon s'il n'est pas approché. —

Dieu fit d'abord trois mots :
Amour, Ami et Mère. —

———

La femme dit : Il a du talent ;
mais qu'il est laid ! —

2

L'Argent est le plus grand ennemi de l'Homme; celui-là a beau,
en s'approchant de celui-ci, le pré-
venir, comme fait une queue de
serpent à sonnettes, l'Homme est
sourd et aveugle, il ne lui reste
que des mains. —

L'homme aimant, c'est l'Homme. —

L'Idéal est un bienfait de la Solitude. —

L'Étude est pour l'Esprit un médecin qui ne drogue pas pour le Corps. —

La hardiesse auprès des femmes peut être produite par deux mobiles, la Passion et le Sang-froid; elles se rendent à l'un, point à l'autre. —

En amour le Caprice perd l'indulgence qu'on accorderait à la Passion. —

L'Animal a des pattes qui tra-
vaillent, l'Homme a des mains qui
prennent. —

— 16 —

Que ceux qui cherchent le Mou-
vement perpétuel regardent les
yeux de la femme qui trompe. —

Le Monde est un bourreau qui ne prépare pas le cœur qu'il frappe. —

Amie, c'est Ame. —

Bandez les yeux d'un homme à trois mille lieues de son pays. — Ramenez-le, et quand il sera de retour, il vous dira : — Je respire mon air. —

Cimetière veut dire : Allons nous
reposer. —

La Nécessité est une cloche qui
sonne comme frappe un sourd. —

L'Amour-propre est la serrure
du cœur de l'Homme; la Flatterie
en est la clef. —

Sensation est sangsue de l'âme,
qui épuise sans pouvoir guérir;
car l'âme est quelque chose de
toujours malade. —

— 24 —

Si l'Homme pauvre était considéré comme l'Homme riche, qu'est-ce que cela ferait d'être pauvre? —

Pour que deux hommes soient longtemps ou toujours profondément amis, il faut que le Destin les tienne sans cesse prêts à agir l'un pour l'autre, sans jamais le leur permettre. —

Sans être vu, voir penser à nous la femme qui nous aime, — c'est une pureté de Bonheur. —

L'Honneur n'est presque que le Remords. —

Le Malheur a un bord et un fond. On attend que nous soyons au fond pour nous demander comment nous sommes arrivés au bord. —

Chaque pas que franchissent deux personnes qui s'éloignent de leur pays, est au moins une lieue qu'elles font l'une vers l'autre. —

Il y a plus souvent deux hommes dans un, qu'un homme dans deux.—

— 31 —

FÉVRIER.

FÉVRIER.

Exception. Règle.

Tristesse qui veut être gaie, c'est comme Femme habillée en homme. —

Attaché à l'ombre de chaque homme dans sa vie, il y a un monstre couvert de fleurs : les fleurs, c'est le Désir; le monstre, c'est la Possession. —

L'homme qui n'est pas compris doit avoir après le cœur une chaîne de Diables. —

Le Malheur se donne. La Joie se vend. —

L'Homme a dans le corps un habit d'arlequin, — son âme. —

Si vous êtes triste, n'allez pas où vous avez ri. —

Au temps du Carnaval, l'Homme se met sur son masque un visage de carton. —

— 7 —

4

———

Amour d'or et Fausseté sont
mari et femme.—

Mourir d'amour, c'est avoir vécu. —

L'Homme marche, la Femme vole. —

Le Monde a deux visages, l'un coupe les yeux qui le regardent — la fausseté; l'autre salit tout d'une bave d'égoïsme. —

L'Amour-le-véritable ne rit jamais. —

Il y aurait un calcul facile à
faire: — combien d'hommes sont
généreux sans amour-propre? —

L'Homme commet une faute en
naissant, — celle de naître. —

— 14 —

Une lettre vaut mieux qu'un portrait. — Le portrait est dans le cœur, et la lettre à la main. —

Il y a dans les paroles de la
femme du peuple une boue qui
souvent est toute propre. —

On ne rit pas de l'Homme mal
vêtu lorsqu'il a des habits dans
sa poche. —

Quand le Cœur est trop gonflé de
mots, les yeux sont la bouche. —

En lançant un ridicule, on en
retient pour soi la queue. —

Un bon mot en fait dire de
mauvais; — c'est comme une fleur
qui distille un poison. —

Le Monde est une grande place,
et ce qu'y font les hommes, un
feu d'artifice. —

— 21 —

Le Violon fait pleurer; la Gui-
tare fait rire. —

L'Homme et la Femme ensemble sont comme une fleur que le soleil décolore et brûle. —

La Patrie, c'est le pain du Cœur. —

Ce qui reste de ce qui brûle devrait toujours être noir. —

Un ami est l'habit de notre corps; nous n'en sommes que la doublure. —

Principalement il y a deux mots écrits sur le cœur humain, l'un en gros caractères, l'autre illisible : INGRATITUDE. Reconnaissance. —

S'il n'était permis de dire aux hommes ce qu'on pense d'eux, on les détesterait. —

— 28 —

MARS.

MARS.

Exception. Règle.

La Conscience peut faire parvenir l'Homme au Talent, jamais à la Richesse, s'il veut d'abord la Richesse en conservant sa conscience. —

6

Le Souvenir est une ombre du Passé qu'en vain on cherche à bien reprendre; quelquefois gracieuse dans ses formes, et par cela même déchirante, car ce n'est que le Souvenir. —

Le soleil éclaire tout, même l'esprit de l'Homme. —

Le Cœur doit se donner comme la Vie doit se rendre. —

Mérite avoue mérite. —

Un grand mariage fait grand
bruit; — pour une mort qui laisse
le Malheur sur la terre, c'est à
peine si l'on entend celui d'une
cloche. —

Moins l'Homme est avancé en
âge, plus il est grand. — On dirait que chaque année qui lui
arrive est un vice de plus qui
va se placer en son cœur. —

Rien dans l'Amour ne se confond et ne se distingue mieux que ceci : — le Don et la Demande. —

— 8 —

Ce sont les hommes qui ne se jugent pas, qui jugent les autres hommes. —

L'amour-propre que nous n'aurions pas, l'Injustice nous le donne. —

L'Égoïsme et la Générosité combattent dans le cœur de l'Homme. — Presque toujours l'Égoïsme tue la Générosité; et quand parfois celle-ci est victorieuse, c'est encore de l'égoïsme. —

La justice humaine est pleine de contrefaçons. —

La Femme peut être honorable,
bien qu'elle ait perdu ce que chez
elle on nomme honneur. —

L'Automne est le cercueil de
l'Année. —

Regardons avec soin ceux qui
nous entourent avant de rire; il
pourrait y avoir pour eux bien
du chagrin dans notre joie. —

Criez quelque chose au peuple;
s'il a toutes ses oreilles il n'en-
tendra rien; s'il n'en a que deux,
il comprendra tout. —

— 16 —

———

Les Ames froides se rassem-
blent; les Cœurs brûlants s'iso-
lent. —

7

Ah! qu'on est bien de loin ; oh! qu'on est mal de près. —

Il y a des instants où le sourire d'un Ami fait plus de mal que la vengeance d'un Ennemi. —

Une femme qui rit aux éclats lorsqu'on lui demande si elle saurait aimer, — cette femme doit-elle savoir aimer? —

Il est des gens qui n'ont que cette pensée de dire lorsqu'une tuile tombe à leurs côtés : « Mon Dieu! elle aurait pu m'atteindre!» — Ces gens-là se moquent de celles des autres. —

Oserait-on souvent regarder face à face l'homme pour qui dans l'ombre on fait une grimace? —

Le Temps semble donner à l'homme une couche de boue. —

La fleur qui croît fraîche et jolie sur une tombe semble railler; — mais le Soleil qui la dévore et le Temps qui fuit,—voilà sa punition. —

— 24 —

———

Le Monde aimera toujours, —
de prédilection, — certaine cou-
leur blanche et jaune. —

L'Esprit est comme la voiture de la Pensée; tous deux s'éloignent et se rapprochent ensemble. —

La Pensée est le moucheron qui pique l'Esprit. —

Pour aller au but, il faut regarder de côté. —

L'Univers se mire dans le soleil de la France. —

Les Arts tremblent en Province; ils vont se rassurer à Paris. —

Pour que la Conception et l'exécution soient bonnes, elles doivent être l'Éclair et le Tonnerre. —

— 31 —

AVRIL.

AVRIL.

Exception. Règle.

Une seule parole peut être comme un rocher qui entraîne une montagne. —

On regarde un chat mort et l'on passe le Pauvre. —

Un homme qui dit qu'une femme qui pense mûrement est une merveille, — cet homme est un homme ordinaire. —

L'amour se repose sur une bouche de femme, mais il n'y dort jamais. —

L'Homme n'ose pas verser des
larmes; ses yeux lui défendent-ils
de montrer son cœur? —

La femme qui veut rendre un
baiser appelle plutôt notre bouche qu'elle ne vient la chercher. —

L'âme est un parfum qui eni-
vre, — un poison qui ronge. —

La langue cause, l'esprit parle. —

— 8 —

———

Quand la Femme tousse, c'est le sentiment qui l'oppresse. —

En politique, c'est trop souvent la main qui signe. —

Vengeons-nous de quelqu'un par la pensée, il ne nous restera rien d'amer au cœur. —

Le Malheureux qu'on visite a lieu d'être surpris. —

La Femme aime, l'Homme s'a-
muse. —

Le Malheur donne souvent une
voix douce à ceux qu'il frappe.—

Le matin d'un beau jour panse
les plaies du Cœur. —

Une femme et du soleil, — voilà la vie de l'homme. —

— 16 —

———

Parler sur une bouche qu'on aime, c'est ne rien dire. —

L'indépendance des idées,—c'est
la Solitude. —

L'homme aurait du bonheur
ici-bas sur la terre s'il demeurait
enfant avec toujours sa mère. —

On peut marcher sans tête. —

Le génie de l'Homme, c'est Dieu. —

Deux choses font à l'âme une douceur de miel : c'est l'amour sur la terre, et le pardon au ciel. —

La date d'une naissance est un doigt du Temps qui indique, et que la Mort ne peut couper. —

— 23 —

La Femme a plus d'une âme. —

On n'a pas besoin d'y voir pour aimer. —

Un soufflet de Femme, appliqué en public sur la joue de l'Homme, est une tache qu'on enlève par ce moyen: — en rire. —

Un sacrifice qu'on reproche n'est plus qu'une faute dont on s'accuse. —

Moins l'Homme est quelque chose, plus on doit le craindre. —

S'il n'y avait pas de courtisans, il n'y aurait pas de rois. —

Les parfums du matin, du jour, du soir, qui courent dans l'air et qu'on respire aussi doucement qu'ils sont doux, — ce sont des âmes de femmes. —

— 30 —

10

MAI.

MAI.

Exception. Règle.

La Province dit à la Littérature :
— D'où venez-vous ?
— Mais je ne vous ai pas quittée.
— En ce cas, je ne puis vous recevoir.
— Non, je vous trompe, je viens de Paris.
— Alors, asseyez-vous. —

La tête de l'Homme est bien forte, puisqu'elle va jusqu'à porter une couronne royale. —

La Puissance est un soleil ardent qui fond la mémoire de ceux sur qui il rayonne. —

L'Homme peut être conduit à ne point flatter par deux mobiles : — la Franchise et l'Amour-propre. —

Bouche aimée, — paradis. —

Le silence de la Nuit, c'est la pensée du Ciel. —

Aimer bien, c'est presque ne toucher jamais. —

On coupe facilement les langues longues. —

— 8 —

———

On n'empêche la femme qui
veut tromper, pas plus que la
pluie de tomber. —

11

Homme et Malheur sont frères.—

L'Ennui s'habille à la mode. —

La Mort est la soupape de la Vie. —

Plus l'Ame est pleine, moins la Pensée déborde. —

La Parole est souvent aiguisée par les lèvres. —

Vénus naquit de l'écume de la mer. Que de belles choses naissent comme Vénus! —

Dieu punit l'Homme de ses fautes en le laissant vivre. —

— 16 —

———

Coquette, — feu follet. —

L'Honneur et la Conscience sont toujours malades malgré la Solitude, leur médecin. —

Les rêves sans dormir sont des baisers de l'Ame. —

La Fortune est une vieille bête qui s'attache à tout ce qui reluit.—

Quand la Mort frappe, le Bonheur entre. —

Dans le regard d'une femme d'esprit — laide, — il y a mille dieux ; sur les lèvres d'une jolie Sotte, il n'y a pas un baiser. —

Les hommes gâtent le lait de la Vie ; aussi la Vie, qui chaque jour devient mère, n'a-t-elle pour fils que le Dégoût. —

Le Monde fait porter à la Franchise, à sa naissance, un masque; et lorsque parfois celle-ci, — suant, étouffant, n'y tenant plus, se découvre, — tous s'écrient en riant: « Oh! quelle figure! » — Si le masque se remet, il ne s'ôte plus. —

— 24 —

Le Sommeil, ce voile de la vie, berce doucement l'homme qui peut se dire : — Il y avait une tête sur une pierre, je l'ai mise sur un lit. —

12

L'Ame de la terre, c'est le vent.—

Lorsqu'un homme est un grand homme, chaque coup moral qu'on cherche à lui porter l'élève davantage. —

Que de clarté il y a dans la Nuit! —

Il n'y a qu'une seule chose au monde qui puisse véritablement bien dormir, — c'est un cadavre. Il y en aurait deux si l'honnête homme existait. —

L'honnête homme serait celui dont la vie aurait été sans cesse aussi pure que les pensées de Dieu. — Qui est-ce qui ose dire : — Je suis honnête homme? —

L'homme qui se dit et se croit honnête homme, est peut-être celui qui vaut le moins de tous. —

— 31 —

JUIN.

JUIN.

Exception. Règle.

Quelque chose d'à peu près semblable au vice est pour le cœur de l'homme ce que le ver est pour son corps. Ce quelque chose ronge le cœur, le ver ronge le corps; et bientôt il ne reste de l'un presque plus que le vice, de l'autre presque plus que le ver. —

L'Homme n'est pas digne de voir sourire l'Enfant. —

Chacun devrait passer l'indulgence à son semblable, qui la passerait ensuite à son voisin, et toujours de même. Ainsi l'on vivrait comme de saints frères! Mais non, c'est encore là où l'on voit que l'égoïsme est comme un gourmand qui se nourrirait volontiers du cœur de sa mère, si on lui disait : C'est bon. —

Le Sot cherche à mordre le Génie; celui-ci peut saigner, mais sa plaie se guérit, tandis que la mâchoire du Sot a ses dents cassées qui ne repoussent plus. —

Il y a un souffle parmi les hommes qui se plaît à corrompre tout ce qui pourrait être bon chez eux; — c'est comme la peste en un beau pays. —

L'Indulgent et le Faible ont chacun un visage. —

La parole vraie de l'homme est sa dernière. —

13

Les gouttes de rosée sont des pleurs de la Vierge quand elle prie Dieu pour nous. —

— 8 —

Quand la générosité pure se montre, plus elle est près de donner, moins elle ose; et encore, lorsqu'elle a pu se vaincre, elle rougit ou frissonne. —

L'Amour est la poésie de l'âme, l'Amitié celle du cœur, le Jour celle des yeux. —

Lorsque quelqu'un s'isole entièrement, — doit-on penser : — le monde est perdu pour lui, ou — il est perdu pour le monde ? —

Il faut donc que le peuple rende malades les hommes d'état puisque chaque jour leur honneur maigrit; mais au moins souvent leur corps engraisse. —

Quand le Cœur est triste, plus le soleil est brillant, plus le Cœur est noir.—

Parfois on marche comme une feuille vole.—

Ne craignez rien, dit le Poltron.—

Parfois nous sentons au dedans
de nous quelque chose de bien
tendre, bien tendre; c'est Dieu
qui nous envoie une sensation de
femme. —

— 16 —

Lorsque le dévouement est muet, comptez sur lui.—

Dieu a mis au monde la Femme Galante comme une ombre sur la lumière. Il lui a donné des yeux sans regards, une bouche sans paroles, et lui a dit : — A toi le Plaisir, jamais le Bonheur. —

La Femme Galante est celle qui donne souvent ce qu'elle n'a jamais eu : — son cœur. —

Il fallait à Dieu un mot immense comme sa volonté ; il a dit : Éternité. —

L'Amour ne va bien visiter qu'une fois chaque âme. —

La nuit, sur les dalles d'une église, chaque pas qu'on fait semble être une prière qui ré-sonne. —

Il y a bien des Riens dans le Cœur; c'est ce qui forme son Tout. —

— 23 —

14

Nous ne sommes bons que de côté.

Une fleur qui joue sur l'eau par un ciel bleu donne un doux rêve.—

Plus on est malheureux, plus on doit être fier. —

La Jeune fille est une rose que les années effeuillent. —

Les temples ne devraient être servis que par les femmes. —

Le Mensonge est un envoyé de l'Enfer; — aussi fait-il trembler les lèvres par où il passe; regardez bien, vous le verrez. —

Si vous connaissez votre mère, aimez-la bien; c'est la sainte Vierge qui vous garde. Si elle est morte, ne l'oubliez jamais, et parlez-en quelquefois, vos larmes couleront doucement. Et si, par exception de nature, votre mère ne vous aimait pas, pardonnez-lui. —

— 30 —

JUILLET.

JUILLET.

Exception. Règle.

Une Mère qui n'a pas de pain pour ses enfants leur donne à boire des larmes. —

15

Portrait n'est bien vivant qu'autant que l'Homme est mort. —

Un Père qui conduit sa fille à l'autel éprouve autant de joie et de fierté qu'il en faut pour faire croire à ceux qui le regardent qu'un pareil bonheur n'arrive qu'à lui. —

Le Plaisir n'est que le papillon qui voltige. —

Lorsque l'encens fume dans une église, il semble qu'une bouche du Ciel souffle sur la Terre. —

Quand à un mariage heureux, après la bénédiction du prêtre, les orgues jouent douces et mélancoliques, on dirait entendre des voix d'anges qui chantent; on dirait voir dans l'air des sourires de bienheureux qui se réjouissent. —

La Beauté n'est qu'un automate dont l'Amour est les ressorts. —

Quand on se rappelle une douce chose , c'est le Passé qui nous baise. —

— 8 —

Le Génie est comme le diamant :
il brille dans l'ombre. —

L'Homme prête, la Femme donne. —

Bâtissez un pont en papier de soie et jetez-y le bien que font les hommes, il tiendra bon. —

C'est effrayant comme tout s'oublie. —

Plus on pense au Ciel, moins on se sent de terre. —

Celui qui cherche à aimer ne trouve pas. —

L'Action bonne est un instant de repos pour le Remords. —

Œil qui regarde est un trait qui se jette, émoussé par la tromperie des Choses. —

— 16 —

————

Voulez-vous avoir de la religion au cœur? Regardez le petit Enfant sur les genoux de sa mère. —

16

Il ne faut pas plus prêter atten-
tion aux belles langues qui disent
d'horribles choses qu'aux belles
choses que débitent d'horribles
langues; c'est la Nature en accès
de folie. —

Il y a de ces braves tout bour-
soufflés qui, lorsqu'on les approche
d'un peu près, s'affaissent sous les
paroles comme la Sensitive sous
la main. —

Le Poison est ami de l'Homme,
puisqu'il le tue. —

La Vertu est une belle femme sans passions. —

L'Ame est l'éclair du Cœur, le Cœur le tonnerre du Corps. —

La Nuit est le drap de mort du Monde parsemé de larmes d'argent, — les Étoiles; — éclairé par un cierge, — la Lune. —

J'ai indiqué où était un paradis avec tous ses délices : — sur une bouche aimée. — J'ai oublié de dire que les deux battants de la porte de ce paradis étaient les deux lèvres de cette bouche. —

— 24 —

Une voix puissamment élo-
quente quand elle se tait, c'est
le Mépris. —

Ce qu'on ne peut atteindre, on le déchire, —

27 . . . .

28. . . !!! — Celui qui se cache et qui tue mérite d'être dévoré par la Vengeance. Celui qui est encore derrière celui qui se cache, et qui fait tuer, devrait être au moins brûlé vif, —

29 . . . .

Notre vie est une coquette si laide qu'on n'ose la regarder en face de peur d'être effrayé. —

Minuit sonne toujours autrement qu'une autre heure. —

— 31 —

AOUT.

AOUT.

Exception. Règle.

L'Amour vivant est pâle ou rouge; lorsqu'il est rose, il meurt.—

L'Enfant jette un brin d'herbe
sur un chêne en disant:—Je vais
l'abattre. L'Enfant n'abat pas plus
le chêne que l'Honneur ne ren-
verse l'Amour.—

MOYEN D'APPRENDRE UN SECRET:—
ne pas le demander. —

Voulez-vous voir le visage de
Dieu? Regardez, le jour l'éclaire.—

Calme plat — tempête. —

Les Oiseaux sont les Orgues de la Terre. —

Si vous voulez oublier une femme, ne pleurez pas avec elle.—

8 . . . — Une jeune fille et un maréchal de France! —

Tristesse est Poésie, toutes les
fois que Tristesse est sans cause. —

Le plus aigu des grappins dont se sert l'Enfer pour la Terre, — c'est l'Envie. —

Celui qui cache son nom sous des injures ne veut pas montrer ce qui est plus dégoûtant que les injures : — son nom — et le nom, c'est l'Homme. —

Beaucoup de gens se servent de la Moquerie envers les autres comme d'un bâton pour s'en défaire envers eux. —

Si vous êtes tolérant, indulgent, craignez l'Homme. —

Lorsqu'on est jeune *on est beaucoup*, par cela même qu'on n'est encore rien. —

Les Anges ont soufflé sur les yeux qui sont doux. —

18

Dieu a créé l'Obscurité pour qu'on plaignît les Aveugles. —

— 16 —

Le Mensonge plus souvent que
la Vérité sort du cœur humain
sans restriction. —

Si vous voulez diminuer le chagrin de quelqu'un, parlez de sa
cause. —

Quand un rêve de jour passe sur
l'Esprit, vif et rapide comme l'É-
clair, souvent il marque un rêve
de nuit; — la main du Réveil ef-
face. —

Les Quatre époques de la vie de
l'Homme sont quatre-temps, vi-
giles et jeûne. —

Le Fanatisme est une bête enragée qui dévore tout, dût-elle passer par une fente hérissée de verre, mettre ses yeux dans une fumée épaisse comme l'obscurité, sa tête dans une mare de sang, sa langue sur des épingles, et ses dents contre du fer qui se fond. —

Il y a des cœurs qui ressemblent assez à une bouteille remplie qu'on enveloppe d'un linge mouillé et qu'on expose en plein soleil. — Le linge devient brûlant, l'intérieur de la bouteille est glacé. —

Hâtons-nous, non pas quand l'heure sonne, mais avant qu'elle ne sonne.—

La Mélancolie est un demi-
abandon de tout. —

— 24 —

———

Celui qui est aimé de tout le monde ne mérite d'être aimé de personne. —

Il faudrait, pour que les hommes fussent bons, que tous se crussent mauvais. —

La Prière est une larme du Cœur; Dieu la rend douce. —

On fabrique de la probité avec toutes sortes de vices, comme on fait du papier blanc avec des guenilles de mille couleurs. —

Il y a chez l'Homme presque toujours deux voix qui parlent ensemble : — l'Admiration et l'Envie. —

Pourquoi la Terre se trouve-elle sous le Ciel ? Parce que le Ciel et la Terre sont comme deux bassins de balance, et que l'Homme a coulé à fond celui de la Terre. —

Dieu est si bon qu'il permet à l'Enfant de dire — Mère — avant — Dieu. —

— 31 —

19

SEPTEMBRE.

SEPTEMBRE.

Exception. Règle.

Pour donner son avis franc sur les œuvres d'un homme, il ne faut pas le connaître. —

On ne peut douter que l'Injure ne fasse mal à celui qui la lance; nous, si nous pouvons l'oublier, et que le cœur de celui qui l'a dite ne soit pas aux Incurables, si cet homme était notre ennemi, alors il pourra devenir notre ami, même dévoué. —

Souvent on n'est pas digne de la pensée qu'on a. —

Larme d'homme c'est presque une larme de femme. —

Le Public blâme le Scandale, mais il l'aime. —

Rarement le Chagrin se cache sous la Joie, mais assez souvent la Joie se tient à l'ombre du Chagrin. —

La véritable larme est celle qui n'est pas. —

Le Monde a dans ses flancs un horrible chancre qui nourrit les uns et ronge les autres; — c'est,

PAR FAVEUR. —

**Plus une sensation est forte,
moins elle se jette hors du Cœur. —**

20

Une croyance de moins, est une ride de plus. —

On ne sait ce qu'on dit plus souvent qu'on ne dit mal. —

La Jalousie voit tout, excepté ce qui est. —

Le sourire de l'Homme est un
espoir déçu. —

Un duel à cause d'une femme
est une action folle : — ou on
la compromet, ou on fait plus
qu'elle ne vaut. —

Le mal qui nous arrive, à nous,
est comme un fouet qu'on nous
donne pour les Autres. —

Le vent qui apporte une voix
de femme fait un ciel pur. —

— 16 —

Oh! que le Mal nous garantisse
d'oublier le Bien! —

L'homme fat est un effet sans
cause. —

Dans un lieu de doux souvenirs,
notre marche est légère, comme
si nous craignions de les écra-
ser. —

Pour que la main de l'homme
eût pour sœur une main, il faudrait que l'or lui fît seulement du
pain. —

Faisons tomber le ridicule qu'on nous donne en lui montrant les dents. —

Le trait de la Vérité, quelque aigu qu'il soit, porte à sa fin — Guérison, celui du mensonge, — Blessure. —

Excepté en amour, — Envie et Jalousie sont des sœurs du Diable. —

— 23 —

———

Il faut user de sa langue avec certaines gens comme on se sert d'éperons pour les chevaux; rarement, mais toujours vigoureusement. —

21

Regardez bien au front de l'homme qui parle mal de la Femme ; — il y a une marque d'Enfer. —

Secret bien gardé, — Secret non confié. —

L'homme qui se marie sans réfléchir longuement sur ce que lui prescrit le plus solennel et le plus sacré des liens, — commet un crime. —

Confiance est un mot trouvé par les fripons. —

Au terme du Voyage, un mourant doit dire de la vie : — Ce n'est que cela ? Si j'avais su...! —

L'homme qui songe au temps passé, sourit aux jours qu'il a de moins à vivre. —

— 30 —

OCTOBRE.

OCTOBRE.

Exception. Règle.

Un jour la Perfection dit à l'Amitié: « J'existe plus que toi sur la terre. » L'Amitié sourit, mais n'osa pas répondre. —

Le Bonheur, c'est la Pensée qui se balance sur tout, sans jamais s'arrêter sur rien. —

Celui qui serre la main de tout le monde ne presse la main de personne. —

Vice et Vertu sont frère et sœur qui se battent devant l'Homme qui aide au Vice. —

La Femme a deux cœurs : — l'un, pour l'Amour, l'autre pour les autres actions de sa vie. —

Paris vu de sang-froid, fait bouillir la Pensée. —

Sous le Soleil, il y en a un autre ; c'est la jeunesse de l'Homme. —

22

Hugo et Lamartine sont, Amour et Religion. —

— 8 —

Les neuf Muses pour le Poète
et l'Artiste, c'est une femme. —

Quand l'Homme cherche à poétiser la Vertu, il corrige avec sa plume, son pinceau ou sa langue, ce qu'il y a de mauvais dans son Cœur. —

Le Titre qu'on se donne est comme une cloche fêlée. —

Bien faire ensuite, c'est aimer d'abord. —

L'Ennui, c'est l'absence de toute
pensée. —

En Amour, le Soupçon, c'est le
Paradis qui baise, ou l'Enfer qui
brûle. —

Il y a peu d'Auteurs. —

Le Monde est la Lime, et ce qu'on lui reproche, le Serpent. —

— 16 —

Quand deux hommes marchent ensemble et qu'une femme les regarde, — une autre femme, qui croit que celle-ci est une rivale, ne s'imagine jamais qu'on peut remarquer celui qui n'est pas son amant. —

Quand une femme aimée touche à notre porte, elle frappe à notre cœur. —

Ame et Baiser sont une chose en deux. —

Le Singe est l'Homme moins la voix. —

L'Homme n'est qu'un amas de Grimaces. —

Oh! il y a dans la vie un instant de bonheur, croyons-le! —

La Vengeance en face peut être belle; mais seulement en face. —

23

L'Amour fond quelquefois des balles; il les essaie sur sa tête. —

— 24 —

———

Les beaux rêves sur le Monde,
sont des étincelles jaillissant sur
la glace. —

La Femme est le printemps qui fait éclore les illusions. —

Pour peu priser l'Homme, il suffit que chacun descende au profond de sa pensée et s'y examine de près. —

Le Monde est un arbre, les illusions ses fleurs, et la Jeunesse, le Soleil qui les fait briller. — L'arbre seul reste. —

L'Homme a raison lorsqu'il se parfume au dehors. —

Pour être heureux, — si c'est possible, — il faut vivre d'illusions, c'est-à-dire aimer à rire du poison en rongeant ce qui est autour. —

Le Cercueil est le salon des morts; ils y reçoivent des vers. —

NOVEMBRE.

NOVEMBRE.

Exception. Règle.

**Quand on persuade quelqu'un
c'est Dieu qui parle.—**

24

La fille de joie peut tout donner à tout le monde, attendu qu'elle ne donne son amour à personne. —

L'esprit de l'Ignorant, c'est de savoir qu'il ignore. —

La Prévention, c'est le serpent qui fascine. —

Mentez comme j'ai menti un
jour; on allait punir ma sœur;
j'ai dit:—J'ai fait la faute. —

Dans le Cœur, il y a des replis
qui ne voient jamais le jour.—

La moins trompeuse des grimaces de l'Homme, c'est son repos. —

Si le monde finit, c'est ce qu'il aura fait de bien. —

— 8 —

———

Il n'y a au monde qu'une joie et qu'un chagrin véritablement bien profonds ; c'est celle de l'homme qui revoit son amante, et celui de la mère qui perd son enfant. —

La Femme est le contre-poison de la Vie. —

Remplir une bourse pour ne plus l'ouvrir, c'est vider le Bonheur. —

Le mot Amour devrait couper certaines lèvres quand il passe sur elles. —

Dans les mains d'Homme qui se prennent, il y a au moins autant de tromperies que de rayures de peau. —

Quand la Renommée déchaîne sa voix, on l'écoute la bouche béante sans bien lui demander : — Pourquoi cries-tu ? —

Les Larmes sont une rosée que Dieu nous donne pour rafraîchir notre cœur. —

Si quelqu'un a vu l'honneur des hommes, ce doit être en rêve. —

— 16 —

———

Chercher à se donner *une ma-*
nière, c'est se les ôter toutes. —

25

Il n'y a donc de vrai, que le Jour qui se lève. —

Celui qui sait Mourir, a su Vivre. —

La Société punit le Crime, mais souvent elle donne l'arme pour le commettre; car, si les Passions l'aiguisent, les Préjugés frappent. —

Un Petit homme à côté d'une Grande idée ressemble à un cheval qui *est à l'œil.* —

Si l'Homme est bon, c'est que Dieu pense à lui. —

Certaine vérité qui sort du Cœur, peut être la vie qui sort du Corps. —

Divisons la Société en deux classes; — les Charlatans qui vendent, et les Paysans qui achètent. —

— 23 —

La Folie c'est la Mort avec des
veines chaudes. —

Vieillard et Enfant, — Riche et Pauvre. —

Règne de roi, — Trône qui tremble. —

Soyez sûr que Celui qui calomnie, doit suer froidement toutes les fois qu'un de ses meubles craque. —

Est-ce bien de douter? — Bien,
du *Mal,* — Mal, du *Bien.* —

Talent avec Conscience sont
deux voyageurs que chaque jour
l'Intrigue sépare. —

Les *Baisers* qu'on se donne,
sont des anges qui se touchent. —

DÉCEMBRE.

DÉCEMBRE.

Le cœur de l'Enfant est un manuscrit de vertu tracé dans son
corps par la main de Dieu, et que
le souffle des Grands Vivants ter-
nit et dévore. —

Le Mariage crève les yeux. —

Pleurons, pour Ceux qui ne pleurent pas. —

Dans l'Église, la nuit, que de choses se passent! —

La Raillerie parlée sans sourire, est une balle sans poudre. —

Le Point du jour est une perle que Dieu jette à la Terre. —

Nous sommes tous des Malades incurables, parce que nous sommes tous du Monde. —

L'Air pur est comme une patte de velours qui caresse nos poumons. —

— 8 —

Lorsque le lendemain de bien des bals, tous les Danseurs ont disparu, il reste dans les salons plus qu'on y avait mis ; — de l'air. —

Nous aurons beau faire, nous ne nous moquerons de la Vie jamais autant qu'elle se moque de nous.—

Payez le Cœur de l'Homme, il vous servira mal. —

Dans le creux d'une fosse, il y a l'Espérance. —

Quand on est pour mourir —
DEUX, — ce n'est pas Mourir. —

Pour le cœur de l'Homme, plus
il paraît mort sous sa douleur,
plus sa douleur est vivante sur
lui. —

Le Diable a son grimoire dans
le cœur de Celui qui parle ou écrit
contre sa conscience. —

27

C'est un regard de Dieu, quand
notre âme est tranquille. —

— 16 —

L'Amour qu'on cherche à éteindre, est comme l'incendie qu'on veut étouffer et qui brille davantage. —

L'Avenir est un miroir sans glace. —

Le Chagrin a aussi son sourire; il fait pleurer. —

L'Heure qui sonne est presque toujours une plainte contre les actions des hommes. —

La tête de l'Homme est comme une aiguille électrique qui attire tout vers son cœur ; le Bien s'y perd. —

L'Égoïsme est permis lorsqu'on garde la défiance toute pour soi.—

Ouvrez bien des corps ; leurs cœurs auront la forme du Zéro. —

Lorsqu'on regarde une bouche qui nous donnait des baisers et qui presque en même temps en donnait ailleurs, n'est-ce pas qu'il doit sembler voir un cercueil ouvert où il n'y a plus que les os de ce qu'on a aimé. —

— 24 —

———

Quand le Soleil est pâle, il regarde les tombes. —

En toutes choses, au Monde, commencez par faire une grande chose, et toutes les petites choses que vous ferez ensuite, seront de grandes choses. —

Le Monde est souvent comme un homme qui ouvre de larges yeux prêts à recevoir la poussière qu'on y jette, pourvu qu'elle soit fine et dorée. — Alors, cet homme ne souffre pas, mais il devient aveugle. —

La Promesse et la Vérité sont comme des boules que les hommes se jettent entre eux et qui restent en l'air. —

Tout ce qu'on entend dans le Jour, ce sont des bruits d'écus; et ce qui ne dit rien la nuit, c'est la Conscience des hommes. —

Un animal disait à un homme : — « Vends-moi ton âme; » l'homme répondit : — « Si je pouvais livrer, et toi payer.... » —

365ᵉ Jour. — Une larme de joie, un sourire et un baiser de femme, — c'est l'image de Dieu en trois choses. —

— 31 —

28

XAVIER FORNERET,
De l'Homme noir.

DIALOGUE.

DIALOGUE.

— Je le sais, c'est une année perdue.

— N'avez-vous recueilli que cela ?

— Hélas ! peu de chose avec.

— En ce cas, je vous plains.

— Merci, car qui n'ignore pas que ma pensée de
chaque jour est encore moins qu'un jour sans son
lendemain.

FIN.

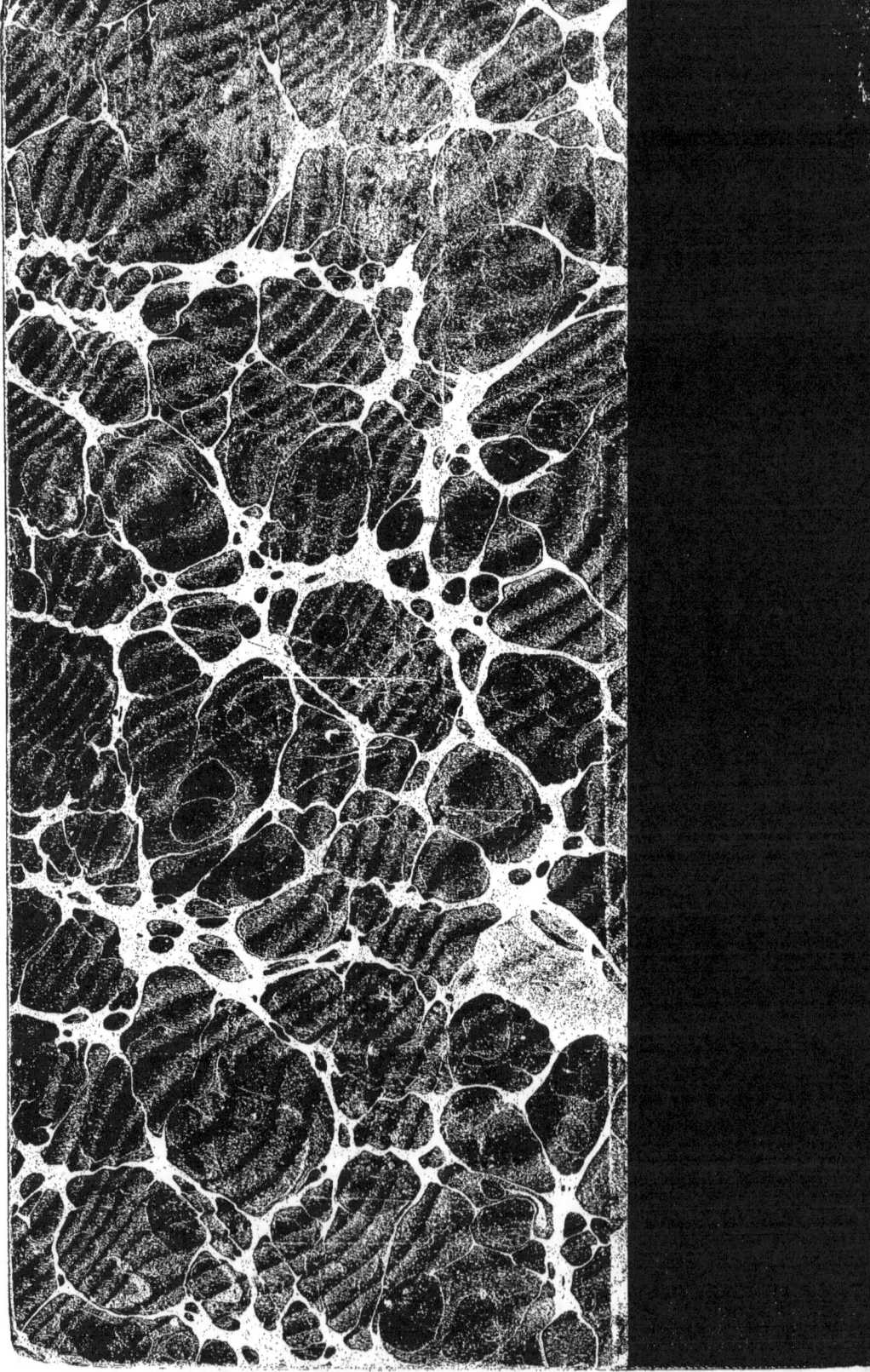

www.ingramcontent.com/pod-product-compliance
Lightning Source LLC
Chambersburg PA
CBHW061437030726
47503CB00005B/1456